범수 가라사대

범수 가라사대

신여랑 소설 ― 하루치 그림

창비

차 례

범수 가라사대
◇◇◇◇◇◇◇◇◇◇◇◇◇◇◇◇◇◇◇◇

범수는 중2이다. 166센티미터에 54킬로그램이고, 이마에 여드름이 났으며 안경을 썼다. 아마도 중학교 앞에 가면 범수처럼 생긴 남자아이를 수십 명은 볼 수 있을 것이다. 그중 몇이 자신의 엄마를 '어머니'라고 부르는지는 알 수 없으나 범수는 그렇게 부른다.

아침에 엄마가 등교 시간을 재촉하면 범수는 이렇게 대답한다.

"어머니, 아직 2분 남았습니다."

어느 날인가, 저도 모르게 불쑥 튀어나온 말이었지만 범수는 그 순간 알 수 없는 해방감을 느꼈고, 그 뒤부터 기분이 동하면 '어머니'라는 호칭과 존댓말을 썼다.

"어머니, 학교에 다녀오겠습니다."
"어머니, 오늘의 간식은 무엇입니까?"

범수 엄마도 이를 받아 주는 편이었다. '이 녀석이 좀 컸다고 이제 느물거리네.' 싶기도 했지만, 어머니라고 부르는 아들이 싫지 않았다. "오냐, 다녀오너라." "오냐, 기다려라." "오냐, 알았느니라." 장

단을 맞춰 주었다. 이를 두고 "너희 모자, 사극 찍니?"라며 여고 동창 미숙이 비꼬아도, 무슨 상관인가 싶었다. 공부 좀 한다고 엄마 친구를 봐도 멀뚱멀뚱 처다보기만 하는 미숙이 아들보다 백배는 낫다 싶었다. 게다가 여고 동창 연희가 결혼 소식을 알리며 범수한테 축사를 부탁하지 않았던가. 미숙이 아들이 아니라 범수한테.

그러나 요 며칠 범수 엄마는 '어머니' 소리가 반갑지 않았다. '그놈의 쓰레빠' 때문이었다. 아니, 도대체, 왜? 범수 엄마는 사흘 내리 빨간색 형광 슬리퍼를 신고 등교하는 범수를 말렸고, 범수는 "어머니, 안 걸립니다."를 연발하며 고집을 부렸다. 범수 엄마는 범수가 슬리퍼를 신고 간 첫날, 교문에

서 당연히 걸릴 줄 알았다. 그런데 웬걸, 등굣길에 신고 간 슬리퍼를 하굣길에도 그대로 신고 온 범수 왈, "안 걸렸습니다."라는 게 아닌가!

그날부터 범수와 범수 엄마의 대화는 돌고 돌아 제자리로 돌아왔다.

"왜 안 걸렸는데?"

"어머니는 제가 걸렸으면 좋겠습니까?"

"아니……. 그거, 교칙에 걸릴 거 아니야? 교문

앞에 학생 주임 선생님 없었어?"

"있었습니다."

"그런데 안 잡아?"

"안 잡았습니다."

"왜 안 잡아?"

"왜 안 잡는지는 물어보지 않았습니다."

"너, 지금 그 말투가 뭐야!"

"죄송합니다."

"어쨌든, 그놈의 쓰레빠 신고 가지 마!"

"어머니, 안 걸립니다."

정말 괜찮았으므로, 안 걸렸으므로, 아무렇지도 않았으므로, 범수는 슬리퍼를 문제 삼는 엄마가 답답했다. 그러나 답답하기로 말하자면 범수보다 범수 엄마가 더해 보였다. 그녀는 범수가 등교하자마자 절반가량 내용물이 남아 있던 1.5리터들이 오렌지 주스 페트병을 거꾸로 들고 꿀꺽꿀꺽 단숨에 마셔 버렸다. 오기만 해 봐, 내가 그놈의 쓰레빠 당장 내버리고 말 테니까! 다짐을 했다. 도대체 그놈의 쓰레빠 질질 끌고 학교 가는 애를 교문에서 왜 안 잡아! 분통을 터트렸다.

아침에 흥분한 탓이었을까? 범수 엄마는 오전 11시 무렵 이부자리에 누웠다. 1시쯤 비몽사몽간에 누군가 현관 비밀번호를 누르고 들어오는 소리를 들었다. 더럭 겁이 난 범수 엄마가 목소리를 낮춰 물었다.

"누구세요?"

"어머니, 접니다!"

범수 엄마는 정신이 번쩍 났다. 후다닥 이불을 걷고 뛰쳐나갔다.

"너 왜 왔어? 뭐 안 가지고 갔어?"

점심시간에 범수는 가끔 준비물을 가지러 오곤 했었다.

"아니요. 그냥 잠깐 왔습니다."

범수가 빙긋 웃으며 말했다.

"그냥? 그냥 나와도 돼? 그 뭐냐, 그거, 그거 뭐더라……."

그거, 그러니까 '외출증'이라는 단어를 찾아 헤매던 범수 엄마의 시선이 현관에 놓인 '그놈의 쓰레빠'에 가닿았고 그 순간 불꽃이 튀었다.

"너! 너! 지금 엄마 보라고 그놈의 쓰레빠 신고 온 거야?"

범수가 재빨리 대답했다.

"아닙니다, 어머니."

"아닙니다, 어머니? 내가 못 살아, 지금 반항하는 거야?"

"그럴 리가요. 어머니도 아시잖아요. 전 반항 같은 거 안 해요. 사실 칫솔을 깜빡해서……."

범수는 애초부터 그곳이 목적지였다는 듯 화장실로 쓱 들어갔다. 범수 엄마는 화장실 앞에 서서 팔짱을 낀 채 어금니를 꽉 물고 심호흡을 했다. 하나, 둘, 셋……. 숫자를 세며 범수가 나오기를 기다렸다.

"그럼, 도대체 왜 자꾸 쓰레빠 신고 학교 가는데?"

대답을 안 하고 머뭇거리던 범수가 몹시 조심스

럽게 작은 목소리로 "어머니," 하고 불렀다.

"그래, 뭐?"

"그런데 저기, 슬리퍼라고 하시면 안 될까요?"

"이게 정말!"

범수 엄마가 범수의 등짝을 후려쳤다.

"아, 아, 어머니, 고정하십시오! 말씀드리겠습니다."

"잔말 말고 어서 말해."

"아, 그게……. 어머니, 혹시 전족이라고 아십니까?"

"전족?"

"모르십니까? 모르시면 곤란한데……."

"뭐가 어째? 전족이 어쨌다는 건데?"

"그러니까 어머니, 운동화가요, 전족 같다는 겁니다."

"지금껏 잘만 신고 다니던 운동화가 왜 이제 와서 전족 같은데!"

범수 엄마가 빽 소리를 질렀다.

"아, 그야 알을 깨고 나왔다고 할까요. 저도 이제 그럴 나이가 됐잖습니까?"

범수 엄마는 뒷목을 잡고 비틀거렸다. 알? 전족? 쟤가 요즘 왜 저러나. 눈앞이 아득했다. "그래, 그래. 알. 전족. 알았으니까, 빨리 가기나 해." 하며 범수의 등을 떠밀었다.

범수는 자꾸 웃음이 나왔다. 한낮에 조용한 아파트 주차장 바닥을 찰싹찰싹 때리는 슬리퍼 소리가 경쾌하기 이를 데 없었다. 인도를 지나고 교문을 지나고 본관을 지나고 교실에 이를 때까지 웃음은 그치지 않았다.

"야, 너 왜 실실거리냐? 뭐 잘못 먹었냐?"

옆자리에 앉은 지호가 시비를 걸어도.

"이 새끼, 이거 왜 이래."

앞자리에 앉은 연수가 한 대 퍽 쳐도.

"근데, 너 어디 갔다 왔냐? 오목 두려고 찾으니까 없더라."

뒷자리에 앉은 승호가 연습장을 흔들며 물어도.

범수는 실실 웃음이 나왔다. 범수는 교복 재킷 속주머니에 손을 집어넣어 뭔가를 만지작거리더니 벗어서 의자에 걸쳤다.

그날 5교시는 도덕이었다. 도덕 선생은 스스로

는 굉장히 재밌는 얘
기를 한다고 하나, 아
무도 재밌어하지 않아서 '오
후의 수면제'로 불렸다. 그날 도덕 선
생의 수면제는 '칸트의 산책'이었다.

"야, 그만 좀 실실거려. 담임 얼굴 좀 봐. 싸늘해."

종례 시간에 지호가 툭 쳤다.

범수는 지호 말에 잠깐 얼굴이 굳어지는 듯했지
만 그때뿐이었다.

'뭐, 겨우 다섯 장인데.'

범수는 그날 밤 잠자리에 누워서 '외출증'이라
고 쓰인 종이에 입을 맞췄다. 신의 가호를! 그러고
는 다시 교복 재킷 안주머니에 넣었다.

전족이라니! 제 입에서 나왔지만 믿기지 않을

만큼 근사한 표현이었다. 게다가 정말로 알을 깨고 나온 것처럼 온몸이 날아갈 것 같지 않은가. 충격을 받은 듯, 다녀왔다는 인사도 받지 않고, 저녁도 대충 차려 주고, 안방에서 꼼짝도 안 하는 어머니께는 죄송하지만, 어쩌겠는가. 알은 깨졌고, 전족은 벗겨졌도다. 범수는 감격을 이기지 못해 이불을 돌돌 말고 흐흐흐 웃었다. 행여 웃음소리가 밖으로 새 나갈까 봐. 그러니까 그때까지만 해도 범수와 범수 엄마는 친구 연희의 결혼식이 며칠 앞으로 다가왔다는 걸 깜빡하고 있었다.

  다음 날 아침 범수는 슬리퍼에 발을 넣다가 멈칫했다. 나의 행복이 어머니의 불행이 되다니. 죄송합니다, 어머니. 범수는 안방을 향해 90도로 인사를 하고는 '그놈의 쓰레빠'를 신고 나갔다. 아무도 잡지 않았다. 어머니가 아니라면 누가 슬리퍼 따위에 그리 지대한 관심을 갖겠는가. 사실이 그랬다. 범수가 다니는 중학교에는 지금도 아주 자세한, 학생 용모 관련 규칙이 있다. 아침마다 정문에서 등교 지도를 하는 선생님은 아이들과 신경전을 벌인다. '담임에게 안 걸리는 풀메 화장법'으로 공들여 한 화장, 파마인지 곱슬머리인지 분간이 안 되는 헤어스타일, 슬쩍슬쩍 보이는 투명 귀걸이, 피어싱까지. 교칙 위반으로 잡자면 끝이 없다. 그래서 웬만하면 모른 척한다. 슬리퍼에는 눈길도 주지 않는다.

그날 범수는 누가 봐도 유난히 기분이 좋아 보였다.

"야, 너 오늘 무슨 일 있냐?"

옆자리에 앉은 지호가 괜히 그런 말을 하는 게
아니었다.

"없는데."

"어제부터 이상해. 불어. 뭐야?"

지호는 그럴 리가 없다는 듯 게슴츠레 눈을 뜨
고 범수를 위아래로 훑었다.

"여자 문제는 아니지?"

범수는 웃기만 했다. 어머니도 여자이니 나름
여자 문제일지도.

"하긴, 됐고! 심심한데 우리도 담이나 넘을까?"

지호가 담 넘기를 제안한 사연은 이랬다. 어제

3반 수혁이가 점심시간에 담을 넘었다. 4반 해정인
가 누군가가 떡볶이를 먹고 싶다고 해서 그랬다더
라. 선물 상자처럼 포장해 온 떡볶이를 책상 위에
딱 내려놓으면서, "먹어!" 한마디 했는데 여자애
들이 꺅꺅 소리 지르고 뒤집어졌다더라.

　"그 자식, 완전 허세 쩔어."

　앞에서 잠자코 듣고 있던 연수
가 끼어들었다.

　어쩐지 수혁이
라면 그러고도
남을 것
같았다.

범수 생각에도 수혁이는 그런 게 나름대로 어울렸다. 문득 맨발에 슬리퍼 차림으로 등교하는 수혁이가 떠올랐다. 수혁이는 전족이라는 단어를 알까? 모르겠지? 모를 거야. 수혁이를 무시하는 건 아니지만 그건 수혁이가 알기에는……. 그러니까, 너무 고급 단어잖아. 범수는 빙그레 웃었다.

"야, 넌 또 뭐가 그렇게 좋냐?"

지호가 범수를 보고 눈을 흘기는 사이, 승호가 끼어들었다.

"그런데 수혁이 걔, 중2병이라서 그렇지, 사실 얼굴은 훈훈하잖아. 여자애들도 아이돌급 미모라

고 하고. 나중에 수혁이도 장근석처럼 될지 누가 아냐. 우리 이모가 그러는데 장근석도 허세 쩐다고 까이다가 한류 프린스 됐대."

"누구? 장근석? 한류 프린스는 또 뭐냐?"

"크크. 나도 우리 이모한테 처음 들었어. 그런 옛날 연예인이 있대!"

"오, 그럼 수혁이도 나중에 한류 '왕자' 되는 거야?"

"말도 안 돼. 웩!"

결국 3반 수혁이와 중2병에 대한 수다는 지호가 웩웩대는 것으로 끝이 났다.

점심시간, 그들의 담 넘기는 없었다. 여느 아이들의 수다가 그렇듯 점심시간이 됐을 때는 오전에 그런 얘기를 했다는 사실조차 기억하지 못했다. 다만 범수가 사라졌다고, 어디 짱박힌 거냐고, 지호가 툴툴거리기는 했다. 지호는 운동장에서 농구를 하는 연수랑 승호 팀에 끼어 볼까도 생각해 봤지만, 딱히 내키지 않았다. 도서관이나 가야겠다 싶어 어슬렁어슬렁 교실을 나왔다. 복도에서 담임을 마주쳤을 때만 해도 그냥 목례만 하고 지나가려고 했다. 그런데 담임이 지호를 불러 세웠다.

"너 어디 가?"

"도서관이요."

"범수는?"

지호가 범수랑 붙어 다니는 걸 담임도 알고 있

었다.

"몰라요. 어제부터 뿅 하고 사라지던데요."

"사라져?"

지호의 무심한 대답에 담임이 관심을 보였다.

"아, 그냥 밥 먹고 났더니 안 보이더라고요. 어디 짱박혀 있겠죠."

"어디로?"

"모르죠. 그럼 전 이만 가 보겠습니다."

'담임이 언제부터 나랑 범수한테 관심이 있었지?'

지호는 뜨악해하며 서둘러 자리를 떴다.

담임이 지호에게 "어디로?"라고 묻던 그 시각, 범수는 집에 있었다. 딱 맞췄어. 1시야! 현관문을 열고 들어가며 범수는 쾌재를 불렀다. 뛰면 딱 6분 걸리는군.

"어머니, 저 왔습니다!"

범수의 목소리는 우렁찼다.

"어디 계십니까?"

엄마가 내다보지 않자, 범수 목소리는 더 커졌다.

"어디 아프십니까?"

범수가 안방 문을 벌컥 열었다.

범수 엄마는 이불을 뒤집어쓰고 누워 있었다. 이제 범수가 '어머니'라고 부르는 소리만 들어도 화가 치밀었다. 보통 때라면 왜 또 왔는지, 무슨 일인지, 벌떡 일어났을 테지만 그럴 기운도 없었다. 기운이란 기운은 아침에 미숙과 통화하면서 다 써 버렸으니까. 게다가 지금 일어나면 또 '그놈의 쓰레빠'를 봐야 할 게 아닌가.

"저, 그럼 쉬십시오."

범수 엄마는 이불 속에서 한숨을 폭 쉬었다. 재는 도대체 왜 저럴까. 엄마가 머리 싸매고 누워 있는데 뭐가 저리 신이 날까. 도대체 머릿속에 뭐가 들어 있는 걸까.

안방에서 나온 범수는 씩 웃더니 화장실로 들어 갔다. 마치 이를 닦기 위해 온 것처럼.

화장실에서 물소리가 들리자 범수 엄마는 마음을 다잡고 일어났다. 화내지 말아야지. 살살 구슬려 야지. 연희 결혼식 얘기도 해야지. 이를 꽉 물었다.

하지만 화장실에서 실실 웃으며 나오는 범수를 보자 범수 엄마는 다시 열이 확 뻗쳤다.

"너 이 닦으러 왔니?"

"아니요. 그럴 리가요. 그냥, 겸사겸사."

"겸사겸사? 그럼 또 뭘 하러 왔는데?"

"아, 그게, 혹시 칸트 아십니까?"

"칸트? 칸트가 왜?"

"아, 그러니까 칸트는 아침마다 시계처럼 정확하게 산책을 했대요."

"그래서? 너도 지금 칸트처럼 산책을 한다?"

범수 엄마는 말문이 턱 막혔다. 축사 얘기는 꺼내지도 않았는데 벌써 뒷목이 뻣뻣했다.

"이번엔 빠르게 이해하시네요. 그렇죠. 먼지 자

욱한 교실에서 오목이나 두는 것보다 이렇게 바깥 공기를 쐬면서 사색을……."

범수의 입에서 사색이라는 말이 나왔을 때 범수 엄마야말로 사색이 되어 두 주먹을 불끈 쥐고 부들부들 떨었다.

"사색? 얼어 죽을 사색이다! 너 진짜 중2병이야?"

"어머니, 고정하십시오! 과도한 흥분은 심장에 좋지 않습니다."

"가, 빨리 가. 어머니고 사색이고 산책이고 꼴도 보기 싫으니까. 가!"

범수 엄마는 범수를 내몰았다. 축사고 뭐고 안 시키면 그만이다. 범수 혼자만 할 수 있는 것도 아니고, 핑곗거리야 만들면 될 테니까.

쫓겨나듯 집에서 나온 범수는 참으로 안타까웠다. 사색이라니까요. 산책이라니까요. 산책은 인간을 깊이 있게 만든답니다. 사색하게 합니다. 정말입니다, 어머니. 범수는 우울한 마음으로 어머니가 있는 아파트 10층을 올려다보았다. 어머니, 흥분하지 마십시오. 부디, 진정하십시오. 저는 중2병이 아닙니다!

범수 엄마는 화가 나서 죽을 지경이었다. 되지도 않는 말을 천연덕스럽게 해 대는 범수에게 화가 났고, 방금 전 통화에서 연희는 뭘 믿고 범수한테

축사를 맡겼다니, 범수가 뭐라고 할지 기대된다야, 하며 깔깔거리던 미숙이 생각나서 화가 났고, 그 애 말이 맞는 것 같아 화가 났고, 그런 애인 줄 알면서 미주알고주알 범수 얘기를 떠벌린 자기 자신이 한심해서 화가 났다.

무심코 받은 전화였다. 가끔 속을 긁는 소리를 해도 미숙과는 사흘거리로 통화를 하는 사이였다. 미숙이 대뜸 "범수, 축사는 준비했대?"라고 물었을 때도 요즘 이러저러해서 연희 결혼식도 깜박했다고 하소연을 했다. 그런데 깔깔대던 미숙이 이러는 거다.

"야, 웃다가 숨넘어가겠다. 너희 아들 은근히 귀엽다. 공부도 못하고 특별히 잘하는 것도 없다고 않는 소리 하더니, 책은 좀 읽나 보네. 전족은 몰라도 알은『데미안』얘기 아냐? 제법이다, 얘. 비유도 그만하면 훌륭하고."

거기까지는 괜찮았다. 문제는 "근데 범수가 중2병 허세가 좀 심한 거 아니니?"로 이어지면서부터였다. 미숙에 의하면, 중2병 허세의 본질은 망상적 자아도취란다. 나는 남들과 달라. 심각한 척, 멋있는 척, 특별한 척. 그렇게 척을 일삼다가 남들한테 조롱거리가 된다고.

"근데 우리 옛날에 조금씩은 그랬잖아? 특히 너, 범수 어머님! 내가 조용필 좋아한다고 은근히 무시했잖아. 책도 고상한 것만 읽으시고. 누구였더라. 그래, 제임스 조이스. 너 그 작가 책 맨날 끼고 다녔잖아. 솔직히 말해 보시죠. 범수 어머님은 그거 그때 이해하셨나요?"

하고 속을 긁기 시작하더니, 범수가 엄마를 닮은 모양이라며 또 깔깔거렸다. 그러고는 정색을 하고 충고했다.

"범수가 좀 걱정되긴 한다. 실력은 없는데 허세만 늘어서 좋을 게 뭐겠어. 실력이 있으면 애가 좀 진지한가 보다 그래도, 실력 없는 애가 그러면 웃음거리밖에 더 되겠니? 범수가 아직까진 그냥 봐 줄 만한 정도인 것 같긴 한데, 너도 애 관리 좀 해. 허세, 그거 여러모로 현실 도피다, 너."

속을 긁다 못해, 활딱 뒤집어 탈탈 털었다. 그런 다음 마침표를 찍듯이 축사 얘길 한 거다. 범수 엄마는 부아가 치밀었다. 말을 꼭 그 따위로 해야 해? 그래 우리 아들은 나 닮아서 그렇다, 너희 아들은 너 닮아서 싸가지가 없니? 너희 아들보다 우리 아들이 백배는 낫거든. 연희가 너희 아들이 아니라 범수한테 축사 부탁해서 질투하니? 그런 거니? 속 좁은 계집애. 범수 엄마는 곱씹어 생각할수록 열불이 났다. 그런데…… 이놈이 또 점심시간에 집에 와서는 칸트가 어쩌고 산책이 어쩌고 하는 게 아닌가.

"어머니, 괜찮으십니까? 저는 학교에 갑니다."
범수가 안방 문을 쾅쾅 두드렸다. 대답이 없었다. 범수 엄마는 어제부터 한마디도 안 하고 누워 있었다.
"그럼, 이따 뵙겠습니다."
범수가 풀 죽은 목소리로 말했다. 빈속에 찬 우유를 마신 탓인지 속이

쓰렸다.

　사실 범수는 어젯밤에 연희의 전화를 받았다.

　"범수니? 몸은 좀 어때? 엄마한테 들었어. 아파서 축사하기 힘들다며."

　범수는 오랜만에 당황했다.

　'아, 맞다!'

　'그런데 내가 아프다고?'

　연희가 범수야, 하고 다시 불렀을 때,

　"아, 어머니가 그렇게 말씀하셨다면 그것이 맞습니다."

　범수는 침착하게 대답했다.

　"엄마랑 싸웠어?"

　"그럴 리가요. 저는 어머니와 싸우지 않습니다."

"그럼 밥이라도 먹으러 와. 너 우리 가게 스테이크 좋아하잖아."

연희의 결혼식은 연희가 운영하는 음식점에서 열릴 예정이었다.

범수는 조용히 현관문을 열고 나왔다. 하늘 한 번 쳐다보고, 땅 한 번 내려다보고. 범수는 걸었다. 이상하게 슬리퍼가 무거웠다.

그 시간, 거리는 등교하는 아이들로 북적였다. 인근 학교 초등학생과 중고생이 뒤엉켜 시끌벅적했다. 범수는 어깨를 잔뜩 웅크리고 바지 주머니 깊숙이 손을 찔러 넣었다. 군중 속의 고독이란 이런 것인가! 뼛속까지 고독하군.

'어머니와 나는 왜 이렇게 되었는가?'

군중 속의 고독이란
이런 것인가!
뼛속까지 고독하군.

'산책 때문인가? '그놈의 쓰레빠' 때문인가?'

'아, 어머니는 왜 그토록 전족을 원하는가?'

범수는 땅이 꺼져라 한숨을 쉬었다.

"으으으." 신음과 함께 온몸을 부르르 떨었다. 곁을 지나가던 여학생 하나가 힐긋 범수를 돌아보았다. '얘, 뭐니?' 하는 표정으로.

그러니 저만치 그 여학생 뒤에서 "차범수!" 하고 부르는 지호의 목소리가 범수 귀에 들릴 리 없었다. '도대체 저 자식은 요즘 왜 저러는 거지?' 지호는 여자한테 차이기라도 한 듯 세상 심각한 범수의 뒷모습을 바라보며 고개를 갸우뚱거렸다. 하지만 범수에게 지호가 모르는 연애 사건이 있을 리 없었다.

'설마, 있나?'

지호는 갑자기 범수가 '저러는 게' 궁금해졌다.

'네가 뛰어 봤자 벼룩이지. 너는 내 손안에 있거든.'

지호의 눈이 반짝였다.

지호의 반짝이는 눈이 등짝에 따라붙은 줄도 모르고, 범수가 군중 속의 고독을 느끼며 등교하는 사이, 범수 엄마는 물을 마시러 나왔다가 현관 신발장 위에 가지런히 놓인 운동화를 보았다. 전족이라고! 전족 같은 소리 하고 있네. 아이고, 네놈이 내 전족이다.

연희 결혼식 당일 아침까지 범수 엄마는 망설였다. 범수가 연희 결혼식에서 칸트니 어쩌니 헛소리를 해 대면 두고두고 친구들 사이에서 웃음거리가 될 터였다. 신랑 신부 친구들이 모여서 작은 이 벤트처럼 치르는 결혼식이었다. 안 데리고 가는 게 제일 속 편한데. 스테이크가 맘에 걸렸다. 범수가 좋아하는 건데. 연희의 전화도 걸렸다. "범수 몸 좀 나아지면 밥이나 먹이러 와." 결정적으로 범수가 '그놈의 쓰레빠'를 안 신기 시작했다. 점심시간에 도 집에 안 왔다. 운동화를 신고 등교하는 범수를 보면서 범수 엄마는 약간의 죄책감을 느꼈다.

'그래 엄마가 돼 가지고 이러면 안 되지.'

그래서 데려간 것이다.

나쁘지 않았다.

"범수 착하네. 우리 아들은 학원 빠질 수 없대서
못 데려왔는데."

미숙이 은근히 자기 아들과 범수를 비교했지만,

"어머, 범수 왔구나!"

연희가 누구보다 반갑게 범수를 맞아 주니 데려오길 잘했다 싶었다. 범수도 괜찮았다. 너스레도 안 떨고, 허겁지겁 스테이크를 먹지도 않고, 웬일로 얌전했다. 무엇보다 교복 바짓단 아래로 보이는 운동화가 흡족했다. 신랑 친구와 후배의 축사가 끝날 때까지, 모든 것이 좋았다.

축사마다 열렬하게 박수를 치던 미숙이,

"뭐야, 신부 측 축사는 안 해? 범수가 축사한다고 해서 잔뜩 기대했는데!"

라고 범수를 지목할 때까지.

범수는 어머니를 쳐다봤다. '어머니, 어머니가 원하는 것은 무엇입니까?'라고 묻는 눈이었다. 범수는 '군중 속의 고독'을 느낀 그제 아침 이후로 몹시 피곤했다. 고독하면 이런가? 싶을 정도로. 사람이 사색을 하면 이토록 피곤한 것이구나. 칸트는 얼마나 피곤했을까? 고독과 사색에 지친 위대한 철학자의 얼굴이 떠올랐다. 범수는 틈만 나면 책상에 엎어져 있었다. 피곤해. 뼛속까지 피곤해. 그런데 지호는 뒤통수를 치더니, "말해! 너 무슨 일 있지?" "누구야? 누구한테 차인 거야? 혹시 혜정이?" 하고 의심했고, 승호와 연수는 지호의 의심에 휘파람을 불었고, 담임은 자꾸 쳐다봤다. 범수는 운동화를 질질 끌며 하교했다. 그런데 집에 오니 아침까지도 아무 말 없던 어머니가 갑자기 결혼식에 가자고 하는 것이 아닌가.

아, 삶이 나를 온종일 속일지라도 슬퍼하거나 노여워하지 않으리라!

그래서 따라 나선 것이다. 교복 벗을 힘도 없는데.

'어찌할까요? 빨리 답을 주시지요.'

범수는 어머니에게 강렬한 눈빛으로 호소했다. 어머니는 답이 없었다. 얼굴만 시뻘겋다.

'아, 어머니!'

범수는 벌떡 일어났다. 한껏 무거워진 운동화를 질질 끌며 걸었다. 박수 소리를 들으면서.

마이크를 쥐고 서자, 범수는 하나도 떨리지 않았다. 오히려 울컥했다. 지난 며칠간의 고독이, 사색의 피로가 주마등처럼 스쳐 지나갔다.

"아, 예. 안녕하십니까? 저는 더럭중학교 2학년 3반 차범수입니다."

꾸벅 인사를 했다. 누군가 '잘생겼다!'

라고 외쳤다. 미숙은 의자를 테이블에 바짝 붙여 앉았다. 범수 엄마는 벌써 세 잔째 벌컥벌컥 물을 마셨다. 범수만 심각했다.

"바쁘신 와중에도 신부 이연희 님과 신랑 남수학 님의 결혼식에 와 주신 여러분께 깊이 감사드립니다. 신부 이연희 님으로 말씀드릴 것 같으면 저에게 스테이크란 이런 것이다, 라는 깨달음과 감동을 주신 분입니다. 제가 아는 여자 어른 중에 으뜸으로 친절하시고 아름다우시고 이해력도 빠르십니다."

범수가 연희를 쳐다봤고, 연희는 손을 흔들었다.

"그러한 신부님이 제게 축사를 부탁한 뜻은 무엇일까, 감히 짐작해 보겠습니다. 미래의 주인공인 중학생의 생각을 알고 싶으신가? 아니면 결혼식을

화기애애하게 만들 중학생 개그를 원하시는 걸까?"

여기저기서 와르르 웃음이 터졌다. 연희는 "둘 다!"라고 말했고, 미숙은 피식피식 웃었다. 범수 엄마는 뜨겁게 달아오른 얼굴에 손으로 부채질을 했다.

"아, 안타깝게도 저는 개그를 할 줄 모릅니다. 좀 진지한 편이라서."

하하하. 신랑 친구 하나가 크게 웃으며 휘파람을 불었다.

"네, 격려 감사합니다. 그럼 외람되게도 제 경험과 지식을 바탕으로 조금 진지한 얘기를 해보겠습니다. 결혼이란 무엇일까? 그겁니다."

범수는 허공을 응시했다.

"결혼이란 알, 알을 깨고 나오는 거 아닐까요?"

미숙이 '아휴, 너희 아들 어떡하니?'라는 표정으로 범수 엄마를 쳐다봤다.

"하지만 결혼은 어느 날 갑자기 전족이 될 수도 있습니다. 매일 신고 다니던 운동화도 별안간 전족이 되니까요. 그러다 보면 '군중 속의 고독'보다 더 강한 고독을 만나게 될지도 모릅니다. 그럴 때는 혼자만의 산책이 필요합니다. 쓰레빠든 슬리퍼든 그게 뭐가 중요하겠습니까? 중요한 건 결혼에 대해 아는 것이죠. 칸트처럼 사색하는 것이죠. 하하."

범수가 어깨를 으쓱대며 하객들을 쳐다봤다. 그동안 웃음을 참고 있던 하객들이 일제히 환호성을 질렀다.

"옳소!"

"누구 아들이냐!"

"나도 별안간 고독해!"

하객들의 반응에 범수는 우쭐했다.

"아, 아, 감사합니다. 그러나 저는 저희 어머니 오영은 여사의 절친이시자 저에게 인생 스테이크의 감동을 선물해 주신 이연희 님이 이 모든 걸 벌써 알고 계실 거라고 생각합니다. 결혼 축하드립니다!"

범수는 아주 만족스러웠다. 자기가 해놓고도 그거 참 근사한 결론이다 싶었다.

범수 엄마는 범수가 축사를 마칠 즈음 이미 빨갛게 달아오른 얼굴이 활활 탈 지경이었다. 아이고, 내가 미쳤지. 왜 데려왔을까 싶었다. 하지만 축사가 끝나고 친구들이 "어머, 범수 멋있다!" "범수 덕에 오랜만에 웃었다, 애." "범수 말 다 맞는 말이네." 칭찬을 하자 마음이 풀어지기 시작했다. 미숙이 뚱해 있는 것도 한몫했다. 연희 신랑이 "아드님 참 잘 키우셨습니다."라고 추켜세우는 소리를 할 때는 아니라고, 애가 좀 허세가 있다고 손사래를 치면서도 입꼬리가 올라가는 걸 감추지 못했다. 그래, 이제부터 '그놈의 쓰레빠' 마음껏 신으라고 하자.

다음 날, "이제 쓰레빠 신어도 뭐라고 안 할게." 라고 하는데도 얌전하게 운동화를 신고 등교하는 범수를 보고 범수 엄마는 가슴을 쓸어내렸다. 이게 다 미숙이가 중2병 허세니 뭐니 바람을 넣어서 그래. 애먼 미숙에게 화살을 돌렸다. 어디 뭐라고 하나 전화나 넣어 볼까, 슬며시 웃음이 났다.

　한편 범수는 등교할 때부터 배가 사르르 아팠다. 어제 축사 끝내고 스테이크를 두 개나 먹어서 그런가? 쉬는 시간마다 화장실을 들락거렸다. 점심시간이 되어도 식욕이 일지 않았다.
　지호가 밥 먹으러 안 가느냐고 물어도 먼저 가라고 했다.
　"설사냐? 보건실에 가 봐. 아니면 내가 약 사다 줄까?"
　지호가 실실 웃었다. 연수와 승호도 덩달아 웃었다. 평소 같으면 '애들이 왜 이러지?' 하고 의심을 했겠지만 그날은 달랐다.

'너희 같은 사색과 고독을 모르는 중2가 나의 마음을 어찌 알겠니.'

범수는 친구들의 등을 떠밀었다.

지호를 비롯한 반 아이들이 급식실로 몰려가고 교실은 금세 텅 비었다. 오늘은 진짜 산책을 하자. 배가 좀 아프면 어떤가, 사색과 고독의 힘은 어제 같은 근사한 결론을 이끌어 내지 않았던가. 오늘은 어머니가 기다리는 집이 아니라 거리로 나가자.

"어머니, 제가 무엇을 신을지는 제가 결정하겠습니다! 그러니 저를 기다리지 마십시오!"

범수는 아침에 어머니에게 하지 않고 담아 둔 말을 내뱉었다. 어머니가 슬리퍼를 권유하자 슬리퍼를 신고 싶은 마음이 감쪽같이 사라졌다. 그러니까 이것은 새로운 시작인 것이다. 범수는 단호한 표정으로 의자에 걸어 놓은 교복 재킷 안주머니에 손을 넣었다.

'어! 어?'

손에 잡히는 건 먼지밖에 없다. 외출증이 사라졌다.

범수가 외출증이 사라진 걸 알아챘을 때, 외출증을 손에 쥔 지호와 연수와 승호는 3층 복도 중앙 계단을 하나씩 건너뛰며 내려가고 있었다.

"지금 아마 이거 찾고 있겠지?"

"그렇겠지. 범수 자식 우정이 전혀 없어. 우리가 우정의 쓴맛을 한번 보여 주자고."

"이게 다 내 덕인 거 알지? 오지호, 나의 추리력이란. 캬, 정말 대단하지 않냐."

"수혁이는 담을 넘었지만 우리는 당당하게 걸어서 나간다!"

"야, 기념이다. 내가 편의점 닭다리 쏜다!"

그러나 대단한 추리력의 소유자라고 자인하는 지호도 자신을 기다리고 있는 교문 앞의 운명을 알지 못했다. 교문 앞에는 초조하게 사방을 두리번거리는 사람이 있었다. 바로 범수의 담임이었다.

"선생님, 누구 찾으십니까. 애들은 12시 45분은

돼야 나옵니다."

곁에 서 있던 할아버지가 말했다. 할아버지는
더럭중학교 학교 보안관으로, 외부인 출입 관리와
더불어 점심시간에는 아이들 외출증을 검사한다.

"그러게요."

담임은 힘없이 웃었다. 책상 한 귀퉁이 늘 같은
자리에 두었던 외출증이 대여섯 장 빈다는 걸 며칠
전에야 알았다. 반 아이들 외출이 빈번하니 눈에

잘 띄는 곳에 두었다가 벌어진 일인데, 엄밀히 따지자면 관리 소홀이라 내색도 못 하고 누구 소행인지 괘씸해하던 참이었다. 그래서 오늘은 아예 점심도 거르고 교문 앞에서 보초를 선 것이다. 잡히기만 해 봐라.

그때 담임의 눈에 본관 현관을 나오는 지호, 연수, 승호가 보였다. 담임은 뚫어져라 자기 반 아이들을 쳐다보았다. 같이 어울려 다니는 범수가 없는 게 좀 이상했다. 아무튼 이쪽으로 오기만 해 봐라.

"저 녀석들은 밥도 안 먹고 뭐가 저렇게 신나서 찧고 까분대요."

할아버지가 끌끌 혀를 찼다.

그 시각, 범수는 양손을 주머니에 찔러 넣은 채 교실 창가에 서 있었다. 다 보고 있었다. 교문 앞에 서 있는 담임과 앞으로 다가올 운명도 모른 채 킥 킥대며 걸어가는 지호와 연수와 승호를.

'아, 나의 산책은 이렇게 막을 내리는 것인가?'

쓸쓸했다. 산책이 없는 삶이라니. 보나마나 지호 짓이다. 자꾸 무슨 일 있냐고 캐물을 때부터 수상쩍긴 했다. 외출증을 슬쩍한 것이 자신이라는 게 밝혀지는 것도 시간문제였다. 벌점을 받고 육하원칙에 의거한 사유서도 써야 할지 모른다. 나야, 뭐 이미 다 했으니까, 받을 거 받고 쓸 거 쓰면 되는데. 안타까운 것은 친구들이다. 외출도 못 하고 걸릴 테니. 어쩌겠는가? 스스로 자초한 일인 것을.

'자식들 안됐네!'

범수는 이런 순간에도 우정을 떠올리는 자신이 매우 흡족했다. 친구들이 걸리는 마지막 장면까지 지켜볼 생각이었다. 그러나 다시 배가 아파 오기 시작했다. 이번에는 좀 심하게. 범수는 배를 움켜쥐고 돌아서서 어기적거리며 화장실로 향했다. 칸트는 설사 같은 건 안 했나? 어떻게 매일 똑같은 시간에 산책을 했지? 사유서를 쓰게 되면, 어디서부터 쓰나? 외출증이 나 여기 있다고 자태를 뽐내던 그날부터? 어머니와 슬리퍼와 전족과 산책과 고독에 대해서……. 그런데 담임은 이해할 수 있을까? 아, 아 지금 그게 문제가 아니지. 이러다 큰일 나겠다, 라고 손으로 엉덩이를 가리면서.

신여랑

허세 없는 사색이 있을까요?
세상 모든 '범수'의 사색을 지지합니다.

소설의
첫 만남 **20**

범수 가라사대

초판 1쇄 발행 | 2020년 7월 24일
초판 3쇄 발행 | 2021년 11월 22일

지은이 | 신여랑
그린이 | 하루치
펴낸이 | 강일우
책임편집 | 구본슬
펴낸곳 | (주)창비
등록 | 1986년 8월 5일 제85호
주소 | 10881 경기도 파주시 회동길 184
전화 | 031-955-3333
팩시밀리 | 영업 031-955-3399 편집 031-955-3400
홈페이지 | www.changbi.com
전자우편 | ya@changbi.com

ⓒ 신여랑 2020
ISBN 978-89-364-5930-7 44810
ISBN 978-89-364-5925-3 (세트)